KB077174

파란방 육아일기

파란방 육아일기 Part 2

발 행 | 2022년 11월 16일

저 자 | 블루챔버

펴낸이 | 한건희

펴낸곳 | 주식회사 부크크

출판사등록 | 2014.07.15.(제2014-16호)

주 소 | 서울특별시 금천구 가산디지털1로 119 SK트윈타워 A동 305호

전 화 | 1670-8316

이메일 | info@bookk.co.kr

ISBN | 979-11-410-0144-5

www.bookk.co.kr

등장인물

엄마
쩡이
86년 호랑이띠

아빠
소남이
85년 소띠

딸
슉슉이
16년 붉은 원숭이띠

아들
달달이
19년 황금돼지띠

셋에서 넷은 어떨까

다신 이렇게 힘든 출산은 하지 않겠노라 다짐했는데, 왜 시간이 지날수록 힘들고아팠던 기억들은 잊혀지는 건지. 뛰다가 넘어져서 상처가 났던 무릎이 아물고 나면 그 때 얼마나 아팠는지 점차 희미해지는 것처럼 말이다.

날이 갈수록 레벨업하는 슉슉이의 애교와 예쁜 모습들을 보며 점점 슉슉이에게 동생이 있으면 어떨까 하는 고민의 시간이 늘었다. 결국 20개월 슉슉이에게 남동생 달달이가 생겼고, 슉슉이의 외동딸 기간-엄마를 마음껏 누릴 수 있는-은 열 달 남짓한 시간만 남았다.

과연 슉슉이는 멋진 누나가 될 수 있을까?

차례

일주일동안 있었던 일 20180801

드디어 쑥쑥이의 열감기가 나았다.
마치 돌치레를 한듯 온몸에 열꽃이 우수수..!

열이 많이 났던
부위에 집중분포.

그리고 드디어 건조기를 구입했다!

크으~

기존 세탁기 위에
올려도 되어서 공간 효율 야!

그동안 쓴
건조대는 쿨하게 접어둠

며칠 써보니 참으로 편하다!
하지만 ...

이젠
개는게
귀찮다..!!

인간의 욕심은 끝이 없다(...)

그리고 오늘 또 있었던 일은...

우리
숙숙이~
동생 생겼대?

?

기다렸던 둘째소식!
(아직 테스트기만 한거라 3주뒤쯤 병원가볼 예정)

오늘 소남이 생일이었어서
생일선물로 틍(!)치기로 했다.

꽃집이
다 죽카라
엄청
찾아
다녔어!

엇
웬일로
이런
선물을?

고마워, 소남씨 ♥ ㅋㅋ 생일축하해!

앞으로 또 어떤 일이 펼쳐질지..
겪어봐야 알겠지.

이제 또
커피랑
술하고는
안녕이군

캐릭터
적응중ㅋㅋ

임신하니 걱정되는 점 20180805

둘째소식에 생각보다 많은 분들이
축하댓글을 남겨주셨다.

축하해요
와!
추카추카
축하요!
찡-
정말 감사합니다ㅠㅠ

그런데 슝슝이는 뭘 아는건지
자꾸 보채고, 징징대고, 매달린다.ㄸ

안아안아!
누아야앙~
조금만 수들리면 별러덩!
뭐가 아닌지 이유를 모를때가 많음 (답답)
아니야~
저기 가자!
별 거 아닌 일에도 크게 짜증내고 울먹하나본다♭

앞으로 더 심해지진 않겠지?

안아죠! 안아죠!
엄마 배땜에 안아줄수가 없어...
파닥
파닥
나중에 이럴까봐걱정..
임신은 이미 한번 경험했더니 처음처럼
막연한 두려움은 없지만, 슝슝이와 함께겪어야
하기에 또 다른 어려움이 많을 것 같다.

8

잠이 많아졌다.

보통 그림일기는 슉슉이가
자는 낮잠시간이나 밤에 그리는데

자버려서 뭘 할 시간이 없다..

생각해보니 슉슉이 가졌을 때
초기에도 맨날 침대에서 잠만 잤다.

슉슉이와 달달이 그리기 20180807

22개월이 되니 변한 점 20180808

사실 나는 언어(외국어)에 관심이 많아서
아기가 언어를 배우는 과정을 (관심이 많다 ㅋㅋㅋㅋ)
유심히 관찰해서 언어터득의 원리를
파악해보고자 (ㅋㅋㅋ) 했었는데…

그리고 이제 자다 깨면 문앞에 서있는다 ㄸㄸ

조금씩 성장해가며 변화되는 모습이
참 신기하고, 또 대견하고 그렇다.

번개맨 20180809

배변훈련 시작인가 했더니 20180810

아아와 맥주 20180813

유아의 고단함을 잠시라도
잊게해주었던 아.아

그리고 애 재우고 마시면
꿀맛이던 시원한 맥주!

캬

둘째가 생기니 이 낙이 사라졌다.
(커피는 초기 지나면 다시 먹겠지만..ㅎ)
특히 요즘처럼 더운때에 아.아와
맥주가 얼마나 시원한지 알기에!!

이거라도
먹자.

쪼로록

임산부에게
좋은
루이보스티

내가 엄마한테 했던 말대꾸를
그대로 돌려받은 이 느낌(..)

둘째 초음파 사진 20180816

드디어 산부인과를 갔다.
첫째 낳은 병원이라 익숙하면서도 낯설었다.

잊고있던
기억 소환중

으아 맞아 이제 항상 혈압과 몸무게를 재야하지

혈압측정기

체중

권장복
카드도 신청해서 50만원 받아야하고,
태아보험도 들어야하고 (엽산)이랑
비타민도 먹어야 하는구나..!

태아가 기형아가 되는걸 방지하고 무럭무럭
크게 도와줌~

첫째 때 담당선생님을 또 보니
역시나 기분이 이상했다.

자꾸 회상에 젖게 됨ㅋㅋ

오랜만이네요..
이 굴욕적 의자도..
초음파도 오랜만

자, 질초음파 한번 볼까요?

초음파로 보는 달달이는 이제 겨우 9mm!
오늘이 6주 5일차이고 출산예정일은
내년 4월 5일이라 했다.

쿵쾅쿵쾅
심장소리

아기집 위치 좋구요~
심장소리 들리죠?

내 뱃속에 정말 생명체가 있구나.

21

잘생긴 남자 20180823

잘생긴 직원이 슉슉이를 보고있었다.

그 직원이 다른데로 가자 곁눈질을
하다가 고개를 드는 매직ㅅㅋㅋ

가니까 또 멀찍이 쳐다보고..

우리집 사랑꾼 20180828

늦잠을 위한 친정행 20180830

비가 많이 왔지만
슉슉이와 처음으로 고속버스를 탔다.
(친정집 가려고)

운전은안돈다

아직 초보운전에
비도 많이오는
고속도로로 취정환하
해서.. 또 임산부라서
운전 결사반대함..

아이를 안고 타기엔 무리라서
아동요금 내고 옆자리까지 결제했다.
(안고타면 6살까진 무료지만..)

까까랑 우유먹고
차에서 잘놀다가
→
까까를 떨어트리며
딥슬립ㅋㅋㅋ

다행히 친정에 도착할땐
비가 내리지않았고 마중나온
친정엄마와 편안히 집에 갈수있었다.

까꿍~
홀홀..이제
늦잠
잘수있다
!!!

든자리와 난자리 20180902

말은 그렇게 하긴 했지만..

든 자리는 티가 안 나도,
난 자리는 티가 난다는 말.
슉슉이와 달달이가 독립하면 나도 느끼겠지.

아.. 우리애들 보고싶다!

나와 내동생이 독립했을때,
우린 우리대로 살아가느라 바빴는데,
우리 엄마아빠에겐 그 시간들이
얼마나 허전하고 적적했을까.

그 마음을 이제야 조금 깨닫게 된것같아
죄송하기도 하고, 복잡미묘한 생각이 들었다.

'아기'에서 '어린이'로 20180903

요즘 쑥쑥이는 부르면 대답도 하고,

김쑥쑥~

예~

졸리면 졸리다고도 말해주고,

졸려~ 코잘래~

엄마 밀려가~
엄마 밀려가!

부비적

잠자리에 들땐
또 얼마나 예쁜말만 하는지,

엄마두

엄마죠아~
엄마사랑해~
잘자~
코자자~

낮잠시간이 사라졌다 20180907

환도가 다시 선다 20180909

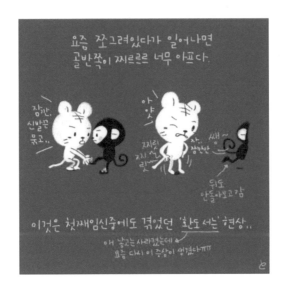

좋아, 자연스러웠어! 20180911

머리감고 난 뒤 20180912

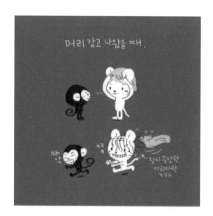

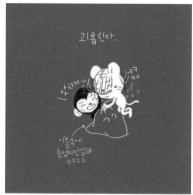

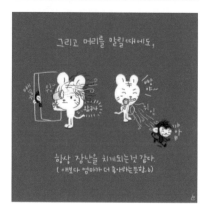

일년 동안의 큰 차이 20180914

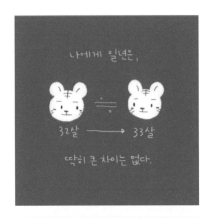

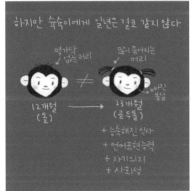

사실 요즘 곧 두돌인 슉슉이를 보며
다 컸네, 라고 생각하는 때도 많았는데..
일년뒤엔
지금이
또
아가아가
하겠네..
?
슉슉이가 스무살 성인이 되기 전까진,
나에겐 계속 아기로 보일수도 있겠다 싶었다.

입덧을 안한다 20180916

둘째 기형아 검사 ₂₀₁₈₀₉₂₁

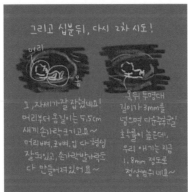

방 안 가득 아기냄새 20180922

셋이 보내는 마지막 추석 20180924

기특한지고 20180925

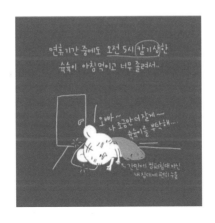

양전히 문을 닫고 나갔다...!!

그리고 문밖에서 들리는 소리.

덕분에 마음편히 잘수 있었다.

역할놀이에 빠져든다 20180927

영유아검진 ₂₀₁₈₁₀₀₁

허벅지 셀룰라이트 20181002

두번째 생일 20181005

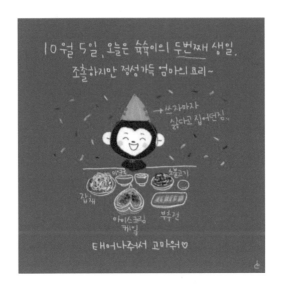

옷소매 20181006

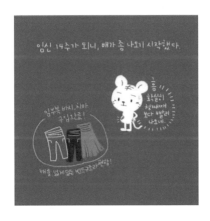

그리고 예전에 슈퍼복으로 입던
원피스를 다시 꺼냈다.

그런데 갑자기 숙숙이가 깜짝 놀라며 다가왔다

그리고 그 기세를 몰아...

".. 그랬다고 한다 (마무리가 엉.ㅋㅋ)

뜻밖의 불면증 치료 20181011

달달이의 성별 20181011

섬집아기 20181012

낳은 보람 20181014

그림자놀이 20181021

퍼즐 맞추기 20181025

요즘 쑥쑥이는 퍼즐놀이에 꽂혀있다.

처음언 네조각짜리도 못맞추더니,

이제는 8조각 퍼즐도 척척..!!

하지만 잘한다고 그대로 놔두고
설거지라도 하러가면,

퍼즐 조각이 하나둘씩 사라진다...

둘째 태동을 느끼다 20181026

어느덧 임신 16주차,
뱃속에서 통통통 가벼운 태동을 느낀다.

한쪽엔 낳은 자식(?)을 끼고
뱃속엔 낳을 자식(ㅋㅋ)을 갖고있는 이 생경한 느낌.

20181026 은

아이 둘 육아 시뮬레이션 20181026

이제 132일된 아기를 키우는
친구집에 다녀왔다.

동생이라고 예뻐해주고 챙겨주는데
참으로 <u>흐뭇한</u> 미소가 나왔다.

하지만 아기를 잠깐이라도 안아주면
득달같이 달려오심ㅋㅋ

내년에 어찌될런지.. <u>시뮬레이션</u>을 해본 느낌.

2018 10 26 손

감기 걸릴 때가 됐다했다 20181030

목감기에 걸려 목에서 쇳소리가 나도
할말은 다 하는 슉슉이.

목말라 물죠~   시러 약안머거   코잘래~!

약먹자고만하면
자려간다고함ㅂ

이거줘~   다먹었다! 안녕

옷소매 걸으며
엄마팔꿈치 집착   약 다 먹으면 바로 인사

기침하다가 먹은거 토하고,
밥도 한술가락 먹을랑말랑, 우유도 찔끔,
보리차도 찔끔, 과자도 딱 한입..
심지어 약 먹고나서도 또 토함..

으아
포기다
포기..

그저 시간이 해결해주길 ..

20181030 슌

귀여워 20181031

팔꿈치 쟁탈전 20181101

'약 먹자'고 하면 ₂₀₁₈₁₁₀₅

엄마 배에 뭐 있어? ₂₀₁₈₁₁₀₆

...뭔가 잘못 이해한것 같다..
(그 속엔 똥밖에 없을텐데)

2018.11.06 인

탁탁탁
20181114

멀쩡히 잘 있다가도,

자세를 바꾸면 왼쪽골반쪽에
찌릿찌릿 통증이 온다.
(임산부의 숙명ㅠㅠ)

별걸 다 따라한다..

요즘 자주 하는 생각

나 자신만 봐도 부족한 부분이 많은데,
애한테 너무 완벽을 추구할순 없는 것 같다.
좋은 엄마, 이해심 많은 친구같은 엄마가 되고싶다..

20181115 은

갓 태어난 아기의 입장 20181116

만약 당신이 지금까지 알던
이 세상과는 전혀 다른 새로운 차원으로
갑자기 이동하게 되었다면?

그리고 그곳이
내가 지금까지 알던 세상의
온갖 상식과 법칙, 언어가 통하지 않는 곳이라면?
과연 다시 금방 잘 적응할 수 있을까?

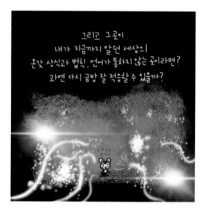

갓 태어난 아기의 입장은 어떨까?
열달 가량 엄마뱃속 세상이 전부였는데
바깥세상이 얼마나 낯설고 무서울까?

때문에 아기가 안정감을 그나마 취할수 있는건
엄마 자궁속 환경과 비슷하게 맞춰주는 방법밖에 없다.

방금 빛을 본 아기가 곧바로
낮과 밤의 개념을 터득할수 없는건
참 당연한 일이고, 어느정도 적응시간이 필요하다.
말 못하는 아기에게는 얼마나 힘든 시간일까..?

아기는 해내고 있다
그 작은 몸으로 이 큰 세상에 적응하고 있다.
우리는 이 대견한 아기를 이해해줘야 한다.

그런데 이 얘기를 왜 갑자기 하냐면...

한번 겪어본 일이라 더 무섭다..
마인드 컨트롤을 할수밖에..

2018 1116 손

격렬하게 쉬고 싶다 20181127

2018 1127 손

5시에 낮잠이라니 20181130

뒤 돌면 배고픈 이유 20181201

진짜 깜깜한 밤 그림 20181204

26개월 슉슉이의 말말말 20181206

태교 일기장 20181211

달달이 태교일기장을 쓰면서
슈슈이 태교일기장을 들춰보았다.

지금이랑 비슷한 시기에 임산부요가랑
우쿨렐레, 오카리나를 배우러 다녔었더라.

그러나 지금의 나는..
그저 누워서 쉬고만 싶다.

2018.12.11 쓴

배 때문에 20181225

외출 전 통과의례 20181226

매일 밤 태교 20181227

자기애 뿜뿜! 20181229

2019

둘째를 품으니 더 소중해지는 첫째와의 시간들

모든 것이 처음이던 슉슉이와의 시간들은 이제 얼마 남지 않았다. 둘째를 품고 있는 동안은 최선을 다해 슉슉이와의 추억을 많이 만들고 싶었지만 나날이 불러오는 배 때문에 이조차 쉽지 않은 일이었다. 엄마의 배가 커질수록 동생과의 만남이 가까워진다는 것을 슉슉이는 알았을까?

두 번째 임신은 슉슉이가 있어서 외롭지 않게 보낼 수 있었다. 태교를 굳이 할 필요도 없었다. 슉슉이와 그림을 그리고 노래를 부르고 춤을 추면 그 자체가 이미 태교였다.

그렇게 뱃속의 달달이는 누나와 자연스레 교감하고 있었다.

기억 안나 20190104

쉬야 연습 20190106

왜 다 까먹었던 걸까? 20190118

한번만~ 20190224

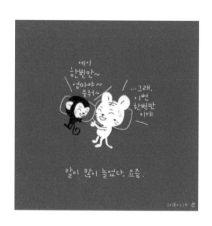

첫째 때와는 또 다른 태동 20190226

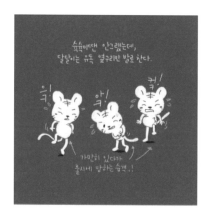

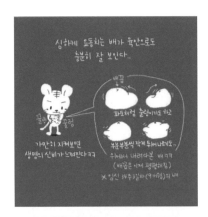

미세먼지와 새학기 20190303

내일이면 슉슉이의 첫 어린이집
생활이 시작된다.

아이와 손잡고 오손도손 대화하며
걷는 등하원길에 대한 로망(?)이 있었지만,

이번주 미세먼지 예보를 보니,
그 로망은 한낱 꿈이었구나 싶다...

매우나쁨

네일아트에 눈 뜨다 20190303

새싹2반 김숙숙 20190304

어린이집 적응기간 20190306

미운 네 살 돌입 20190308

역배변훈련 20190308

첫째 등원, 둘째 출산 준비 20190320

이제 관건은.. 둘째 출산..!!
보통 제왕절개 수술은 예정일보다 열흘 정도
일찍 날을 잡아야해서, 다음주에 달달이를 만나는
것으로.. 산부인과에 예약을 하였다.

2019 3月 .2
3 4 5 6 7 8 9
10 11 12 13 14 15 16
17 18 19 20 21 22 23
24 25 26 27 28 29 30
31

유도분만으로
진통 겪다가
이튿날 수술했던
첫째때와는
딴 다른 느낌..

출산가방도 싸고, 아기침대도 다시 들이고...
쑥쑥이가 어린이집에 있는 시간동안
근근히 할 일이 많은 요즘이다.

무사히 만나자, 달달아!

긴장 반
설렘 반

산모패드 수유나시 방수
스타킹

2019.02.26 순

둘째는 또 처음이야 20190329

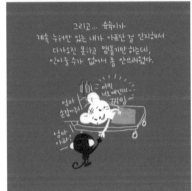

두번째 조리원 생활 20190402

또 다시 신생아 돌보기 20190419

조리원에서 나온뒤 벌써 5일이 지났다.

아가야 안녕..

아가 귀여웡~

아구 이뻐

오? 아가 눈떴다!

< 누나의 지대한 관심 >

수유를 하고나면 쑥쑥이는
꼭 내 다리 위로 올라와서 안아달라고 한다

나도 찌찌 먹고싶~

가제수건 갖다줌

그리고 볼게 있다고, 수유하는데 옆에서
아가인형을 들고와서 따라했는데..완전 빵터졌다

픕!
못참아
ㅋㅋㅋ

요즘 소꿉놀이라
하루에 10번 이상 식수중.

'둘째'는 둘째라는 이유만으로
첫째의 아가시절을 회상하게 한다.

요맘때
슝슝이는
어땠더라..?
수유텀은..? 잠은..?

달달이는 먹는시간도 길고, 잠도 더 오래자고,
낮엔 눈 뜨고 좀 놀기도 하고, 밤잠은 3~4시간씩
자주고 깨어서 생각보다는 수월한 편이다.
(술통이 스멀~ 물론 아직까지는 ㅋㅋ)

밤에는 친정엄마와 슝슝이가 같이 자고,
나랑 달달이가 자고 있는데 (아빠는 밤에 출근해서)
100일쯤 되면 많이 수월해지지 않을까 싶다.

엄마랑
자고싶어

나가가
코패마지
잠깐만
만진다

생각봤어 길
잡고 기다려주는
기특한 첫째 슝슝이.
짠하고 고맙다.

자꾸만 흐뭇하게 쳐다보게 되는
남매의 모습♥

20190422 순

둘째는 사랑입니다 20190423

때 되면 다 해요 20190425

신생아 용쓰기 20190426

평화로운건 한 순간 20190429

쭉쭉이 효과 20190430

달달이가 밤잠 잘 자는 이유 20190501

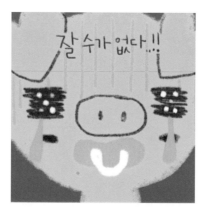

A형 독감 20190503

사랑스러운 투샷 20190510

심술 20190515

무한반복...

우리 숙숙이가 변했어요 | 20190516

AM 6:00

우리 슉슉이가 변했어요 2 20190516

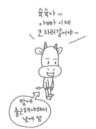

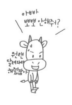

우리 숙희이가 변했어요..

2017.5.16 손

찔리니까 괜히 20190517

설레는 달달이의 미래 20190518

달달이를 이렇게
그리고있긴 하지만

토실 토실

(실제로는 약간 이런느낌..?)
왕발톱기하고 치쫀둥이라 불림뺄(?)받는중.
ㅋㅋ

인생 52일차인 달달이는 주먹코를 빨거나
팔다리를 휘젓는게 하루 일과의 전부이다.

지지

눈에
초점도 못
잡친듯

아직 달달이가 기고, 걷고, 말하는 모습이
어떨진 잘 모르겠지만 빨리 보고싶다♥

엄마!

얼마나
귀여울까?

누나라도 싸우갰지?
ㅋㅋㅋ

2019 05 18 윤

심즈게임 20190522

요즘의 등원길 20190522

프로 도찰러 20190523

누굴 닮았는데 20190523

아빠, 쫌 봐줄래? 20190524

달달이의 잠투정 20190525

숙숙이와 쪽쪽이 20190525

벌써 엄마 4년차 20190603

진짜 너무너무 예쁜데 20190603

육아 퇴사 욕구 20190606

비 오는 날의 등원 20190607

네버엔딩 병원놀이 20190608

레벨 업 20190610

매일 밤 20190610

엄마, 무서워! 20190620

터미타임 20190620

찌그러진 사탕 하나 20190624

비키세요, 비키세요! 20190630

기저귀를 뗀 엉덩이 20190701

범보의자 개시 20190702

귀찮은 설거지 20190703

생후 며칠? 20190705

뒤집기 성공 20190707

실랑이 20190708

터울이 있을 때 좋은 점 20190710

내가 화장실에 있을땐,
나 대신 우는 동생 토닥토닥도 해준다.

또 이런 때도 있다.

이럴땐 공동육아하는 기분이 든다ㅋㅋ

그러나, 이 모든건 자비가 내킬때 한다는 것!
안내킬땐 놀라울 정도로 냉정하다.

슉슉이의 첫 그림 20190712

뒤집기 후 짜증 작렬 20190712

공주병의 서막 20190716

아쿠? 아쿠? 20190804

참 단순하지 <small>20190804</small>

참 단순하지 <small>20190804 ㅎ</small>

오늘도 애들은 평소처럼
5시, 6시에 일어났고, 나도 평소처럼
네시간만 자고 일어나서
분유 먹이고, 밥 차리고, 먹이고, 청소기 밀고
토를 세네번한 달달이 옷 계속 갈아입히고 "

좀 쉴틈 생겨서 시간을 보니
고작 8시가 넘었다..

정말 괜찮겠어? 20190805

결국 탔다.

사랑고백 20190806

비가 와도 어린이집 20190807

말 안들을 때 쓰는 방법 20190809

배변훈련 성공 후 20190810

첫째의 슬픈 눈 20190813

애 둘 끼고 자기 20190818

애가 셋이라면? 20190819

우리 숙숙이 20190820

코끝이 찡— 20190821

코끝이 찡-   2019.08.21 ㅎ

둘째를 재우고 나왔을 때,
첫째가 기다리다 지쳐 잠들어 있는
경우가 종종 있다..

그러면 괜시리 눈물이 핑 돌기도 한다.

동생이
없었을땐
항상
잠자리에서
이야기도
하고 장난도
치고, 그림자
놀이도 했는데

찡..

동생없는
친구들은 지금
엄마랑 더
즐겁게 교감
하다가
잠들었을텐데

혼자 외롭게 잠들었구나..

잠든 숙숙이에게 밤기저귀를 채워주고,
가만히 바라보며 다짐한다.

엄마가
많이 미안해

그만큼
더많이
사랑해
줄게.

동생 좀더
클때까지 조금만
기다려줘..

잠든 숙숙이는
아무 생각 없겠지만..

이유식 시작 20190823

감기 시작 20190828

난 바빠 20190830

딸이에요? 20190904

설득이 통하는 나이 20190905

설득이 통하는 나이 20190905 ㅅ

밤기저귀는 언제쯤 뗄까? 20190910

천사와 악마는 한끗 차이 20190910

천사와 악마는 한끗 차이   20190910 손

친정에서의 아침 20190920

딸래미 잔소리를 들으며 시작하는
아침이었다.

스르르르르 20190923

첫째때완 다른 둘째 키우기 20190927

악당이다! 20191001

꺄르르 꺄르르 20191003

엄마는 다 안다~ 20191012

어휘력이 늘었어요 20191013

독감주사 맞는 날 <small>20191017</small>

독감주사 맞는 날　　　　　　　　　20191017 ㅎ

애 둘과 바깥 화장실 가기 20191018

애 둘 데리고 밖에서 화장실 가기   2019.10.18 손

이렇게나 이쁠 일이냐 20191022

이상한 삼각형 구도 20191023

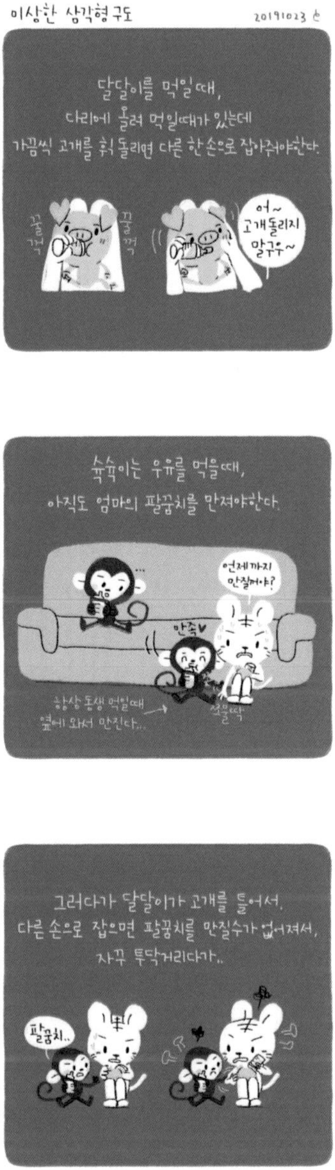

요즘의 아침 20191108

미안한 마음 20191110

미안한 마음   20191110 손

안녕히 주무~ 20191112

엄마표 이발 20191112

7개월 아기 달달이 20191115

어른이 되고 싶은 이유 20191117

달달이의 첫니 20191117

열은 예고없이 찾아오죠 20191121

식탐없는 아이 20191125

키랑 몸무게도 평균보다 적은 편이라,
그대로 두면 안될것 같아서,
음식으로 우유, 빵, 과자, 초콜렛, 과일... 이것도 주는대로
다양하게 여러가지로 보충하긴 하는데 다 먹음.
계속 이렇게 해도 되나 고민이다.

원래 안먹는
아이니까
그냥 안먹는대로
냅둬도 되요
된다고 누가
말해줬으면...

저 말 야

엄마
이제 안 사주면
돼.

편의점에서
맘껏 먹고싶은데 사라고
근데도 한개만 집는애.

나의 먹이는 방법이 혹시 잘못된걸까,
싶던 때도 있었는데, 둘째는 잘 먹는걸 보니
다행히 그건 아닌것 같다.

맘마~
아~

아끙.. 배때

달달이는
입을 쫙쫙
벌리며 잘먹는다.
(한끼에 140 먹는
기개질 아기)

소남이가 아기때 드럽게(ㅋㅋ) 안먹었다던데,
그냥 유전인가보다 하고 쿨하게 넘기고싶다.

지금은
잘먹는
다구...

넌 닮았는데
왜 고생을
내가해야
되냐?

내가 먹어라
ㅐ배야...

쪼꼬맇

달달이의 옹알이 20191202

슉슉이의 무반주 댄스 20191203

오늘도 평화로운 등원길 20191205

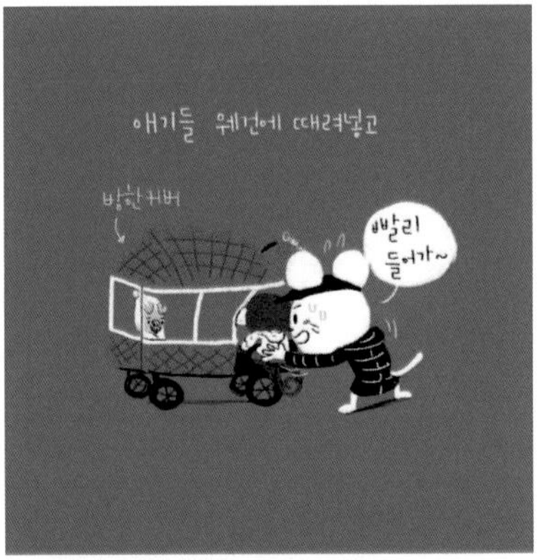

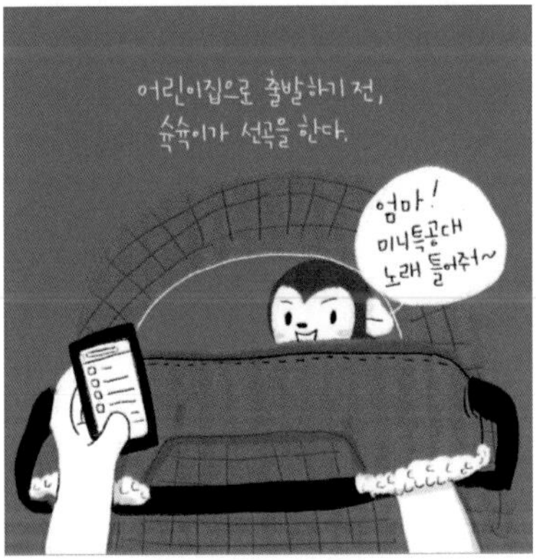

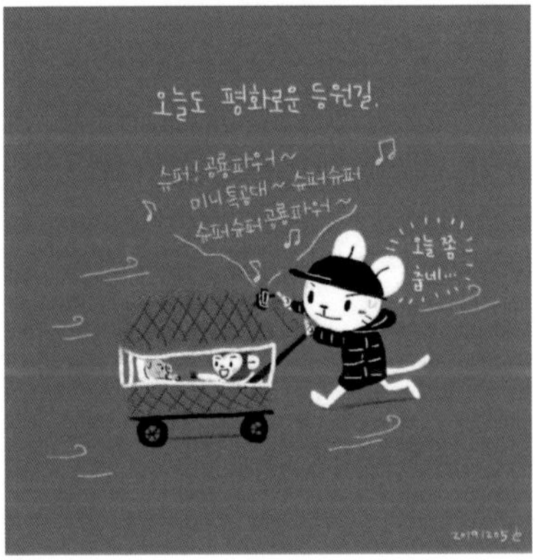

소남이의 하루 20191205

나의 하루 20191205

목구멍이 간질간질 20191206

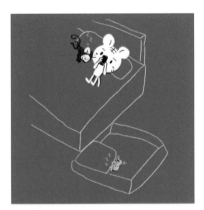

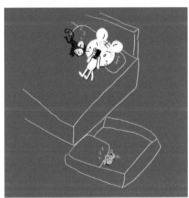

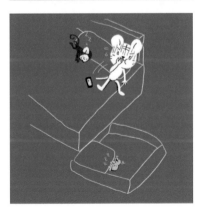

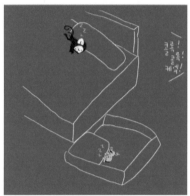

전생, 또 전생! 20191207

갖고 싶은 크리스마스 선물 20191210

아빠가 화장실에 가면 20191211

학예회 스트레스 20191216

씨씨씨를 뿌리고 20191216

첫째를 씻기는 타이밍 20191219

가성비 최고 놀이 20191220

사실 그 밖에도 택배상자로 집 만들기, 연극놀이 만들기,
자동차 만들어서 타기, 등등 재활용품 놀이도 정~말
무궁무진한 것 같아요.. (뭐 흔한 것들이긴 하지만)

일단 가장 좋은 점은 돈 절약도 되고 같은 아이템으로
이번엔 뭘 만들까 산산해볼 기회가 많다는 점?
물론 그때 그때 후딱 만들어야하니, 퀄리티는
좋진 않지만, 생각보다 아이는 퀄리티보다 관심이 필요더라고요.
아무튼, 제가 그동안 육숙이와 놀아주었던 것들중
몇가지를 소개해보았습니다. 보시고 도움이 될수 있다면면 좋겠네영

슉슉이의 첫 재롱잔치 20191221

오늘 슉슉이가 재롱잔치를 했는데...

궁금 초초 걱정
긴장 설렘

참으로 복합적인 감정이 들었다.

전날 최종연습때까지도 무섭다고 했었는데,....
그래도 점점 나아지긴 했어서 어떠려나 궁금했는데..

〈헬리콥터〉   〈Yes or Yes〉
버전   버전

처음엔 좀 무서워하다가, 아빠 얼굴 발견하곤
너무나 잘 추는게 아닌가..!!ㅠㅠ

〈엄마의 예상〉   〈실제〉

슉슉아, 오늘 정말 새로운 경험해봤지?
생각보다 더 잘해줘서 고맙고.. 뭉클했어ㅠㅠ
언제 이리 컸나싶고.. 사랑해♥ㅜㅜ

2019.12.21. 훈

크리스마스 이브날 받은 선물 20191224

2020

점점 안정기가 되어간다

달달이가 태어나고 슉슉이가 누나가 된 후로 시간은 정신없이 또 흘러갔다. 모든 것이 처음이던 때와는 사뭇 달랐다. 나는 능숙했지만, 때론 아이 둘 육아가 버겁고 힘겹기도 했다.

같은 듯 다른 두 아이 육아의 시간들이 흘러가고 어느새 두 아이는 너무나 자연스러운 남매 사이가 되었다.

둘이기에 안심하며 집안일을 할 수 있기도 하고, 둘 사이에서 일어나는 다양한 상황들을 보며 웃음이 터지기도 했다.

둘째를 볼 땐 첫째의 과거 모습이 떠오르고, 첫째를 볼 땐 둘째의 미래 모습이 이렇겠구나 가늠하기도 했다.

아이 둘, 낳길 잘했구나 싶어지는 순간들이 점점 늘어났다.

너는 어른! 20200103

그래도 누나가 좋은 동생 20200104

제일 행복한 시간 20200105

그래, 제대로 닦을 리가 없지.. 20200106

달달이의 혼자 서있기 20200106

두 녀석들 재우고 20200112

누나가 했던 그대로 <small>20200114</small>

장난감 나와라, 뚝딱! 20200115

둘째 안낳았으면 어쩔뻔 했어? 20200116

눈이 오는 아침 <small>20200119</small>

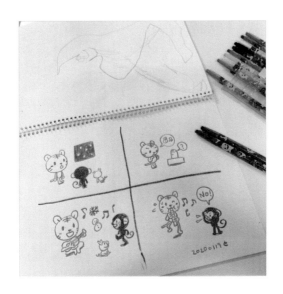

매일 밤, 무념무상 타임 <small>20200120</small>

그는 좋은 쭉쭉이였습니다 20200121

매일 밤 따라다니기 | 20200130

슉슉이 요즘 좀 웃긴다 20200131

둘째는 여전히 재우기 힘들다 20200204

둘째는 여전히 재우기 힘들다

둘째가 수족구에 걸렸다 20200209

눈 내리는 등원길 20200217

달달이의 개인기 20200217

아빠와 오빠 사이 20200220

응가 탐지기 20200220

응가 탐지기   20200220 손

코로나 바이러스로 인한 휴원 20200224

툭하면 삐지는 다섯살 20200228

툭하면 삐지는 다섯살.　　　　　　　20200228 은

갑자기 뭉클해졌다 20200301

갑자기 뭉클해졌다.　　　　　　　2020.03.01 은

자기 전 아무 이야기 만들기 20200301

나의 한계를 느낀 하루 20200303

슉슉이의 출산과 육아 놀이 20200304

슉슉이의 출산과 육아놀이

20200304

슉슉이의 출산과 육아놀이

20200304

놀이에 대한 고찰 20200305

매일 매일 반복되는 하루,
어제가 오늘 같고 오늘이 내일같은 날들.

오늘은 하나의 실험(?)을 해보았다.

먼저
놀아주지
말고,

오늘은
수동적으로
지내보자!

평소엔 보통 어떻게 놀지 제시해주거나,
내가 먼저 놀이를 시작해주거나 하는 때도
많았는데, 오늘은 그냥 가만히 있어보기로 했다.

자석블록
해야지~!

한번
지켜볼까

평소엔
그래, 같이하자!
이러고 만들고
그랬음.

아이들에게 '놀이'가 얼마나 중요한지
너무나도 잘 알고 있었기에, 나는 항상 '노력'
했었고, '열심'이었던 것 같다.
그리고 그런 나에게 일종의 '뿌듯함'도 있었다.

어떻게 보면
'내가 아니라', 그냥
'내'가 만들곤 했었나보다.

와! 멋지다!

짜잔!
자판기 완성!
같이 만드니
넘 좋지?

사실 거의
내가 다 만든건데도.

물론 아이들은 모르는 게 많으니까,
함께 목표를 정하고 만들어 완성 해보는
경험을 해 보는 것도 좋긴하다.
그런데.. 그게 꼭 매일매일일 필요는
없는 것 같다.

혼자서 충분히 생각해보고 결정하고 행동하는 시간을,
그동안의 나는 얼마나 주고 있었을까?

아이들이 '심심함'을 느끼는 것에,
나는 죄책감을 느끼며 오늘도 '안심심하게'
해주려고 지나치게 노력한건 아닐까?
.. 내가 거의 다 떠먹여주놓고..
창의력을 키웠다면서.. 인증사진을 찍고..

아무튼.. 오늘 하루 숙숙이를 지켜봤더니,
정말 너무나도 알아서 잘 노는 것이었다.
내가 일일히 뭐하자 할 필요가 없었다.
그저 숙숙이가 하자는 대로 따라만주니,
내 마음도 편해지는걸 느꼈다.

우리 숙숙이가 참 많이 컸구나, 새삼 깨닫고,
가끔은 이렇게 믿고 내버려두기도 해야겠다.

2020.05.8

돌만 기다리는 엄마 20200306

급해 죽겠는데, 정말! 20200307

요즘의 쳇바퀴 20200307

보기 좋은 광경 20200311

무의식 아침 루틴 20200317

무의식 아침루틴   2020 0317

분유의 맛 20200320

한번 말해서 안 들을 때 20200322

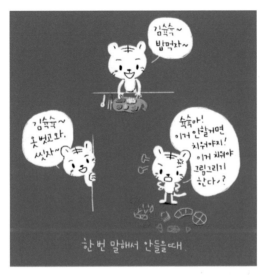

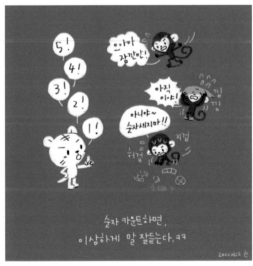

가장 많이 하는 생각 20200322

엄마의 재롱잔치 20200327

달달이의 첫 생일 20200328

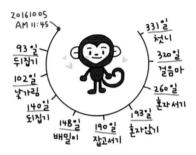

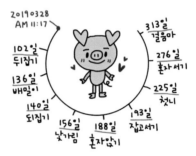

에필로그

기억은 휘발된다. 기억을 붙잡아놓는 건 생각보다 쉽지만 생각보다 어렵다.

기록해놓은 나의 기억조각들을 이렇게 책에 담아보는 날이 오다니! 역시 기록을 해놔야 나중에 어떻게든 활용할 일이 생기는 거구나.

새삼 감동적이고 새삼 감사한 마음이 든다.

많은 고민 끝에 2016년부터 2020년 달달이의 첫돌까지의 이야기만 이 책에 담기로 결정했다. 이 시기가 나에게 가장 힘들고 치열하게 살았던 시간들이었던 것 같다.

그 이후의 시간들은 그래도 안정적으로 흘러간 것 같다.

물론 못다한 이야기들과 앞으로의 이야기들은 계속 온라인으로 기록해나갈 것이다.

깜찍한 슉슉이와 귀여운 달달이도 앞으로 무럭무럭 자라겠지.

이 책이 나올 수 있음에 감사드린다.

THANK
YOU ♥